KB270758

문학과지성 시인선 362

우리들의 진화

이근화 시집

문학과지성사

문학과지성사에서 펴낸 이근화의 시집

차가운 잠(2012)

문학과지성 시인선 362
우리들의 진화

초판 1쇄 발행 2009년 6월 24일
초판 5쇄 발행 2023년 1월 17일

지 은 이 이근화
펴 낸 이 이광호
펴 낸 곳 ㈜문학과지성사
등록번호 제1993-000098호
주   소 04034 서울 마포구 잔다리로7길 18(서교동 377-20)
전   화 02)338-7224
팩   스 02)323-4180(편집) 02)338-7221(영업)
전자우편 moonji@moonji.com
홈페이지 www.moonji.com

ⓒ 이근화, 2009. Printed in Seoul, Korea

ISBN 978-89-320-1976-5 03810

지은이는 2008년 한국문화예술위원회가 지원한 창작지원금을 수혜했습니다.

문학과지성 시인선 362

우리들의 진화

이근화

2009

시인의 말

두번째 시집을 묶어낸다.
기쁘고 고맙다.
제일 먼저 나에게.
그리고 끝까지 당신들에게.

2009년 6월
이근화

우리들의 진화

차례

제1부

엔진

살아남기 위해
우리는 피를 흘리고
귀여워지려고 해
최대한 귀엽고
무능력해지려고 해

인도와 차도를 구분하지 않고
달려보려고 해
연통처럼 굴뚝처럼
늘어나는 감정을 위해

살아남기 위해
최대한 울어보려고 해
우리는 젖은 얼굴을
찰싹 때리며
강해지려고 해

소울 메이트

우리는 이 세계가 좋아서
골목에 서서 비를 맞는다
젖을 줄 알면서
옷을 다 챙겨 입고

지상으로 떨어지면서 잃어버렸던
비의 기억을 되돌려주기 위해
흠뻑 젖을 때까지
흰 장르가 될 때까지
비의 감정을 배운다

단지 이 세계가 좋아서
비의 기억으로 골목이 넘치고
비의 나쁜 기억으로
발이 퉁퉁 붇는다

외투를 입고 구두끈을 고쳐 맨다
우리는 우리가 좋을 세계에서

흠뻑 젖을 수 있는 것이
다행이라고 생각하면서
골목에 서서 비의 냄새를 훔친다

마로니에

귀청이 떨어질 듯 크게 음악을 틀어놓아도
귀는 모양을 바꾸지 않는다
무서운 속도로 달려도
오래된 습관들은 나를 떠나질 않고

나무들은 꺾이지 않고
도로 위의 아침은 도로 위의 밤을 벗어난다

응 애 응 애 정확히 우는 아이들도
자라면 모호한 눈물을 흘릴까
울다가 시시해져
시뻘건 눈을 비비며
사과를 먹고 또 사과를 먹고……

가로등에 부닥치는 나방이
마음에 들지 않는다
읽기에 좋은 간판이
마음에 들지 않는다

우리는 충돌하지 않겠지만
우리는 아무것도 흘리지 않겠지만
우리는 버스의 속도를 이해하겠지만

우리가 매긴 순위를 의심하며
떠오르는 비둘기들
낮과 밤을 날아서 비둘기가 다녀온 곳에서
이곳까지 마로니에

고양이 불필요*

세상에서 가장 큰 여자는
더 큰 여자가 태어날 때까지
외롭게 외롭게
끝까지 자라겠지

코끝에 있는 점을 보기 위해
천천히 두 눈을 모으면
당신은 지붕 위를 걷는 기분이 들겠지만
내가 모를까
쓸모없이 자라는 점은 바람의 먹이

오 층 칠 층 구 층 높이로 건물들이 자라고
더 이상 오를 필요가 없을 때까지
봄과 여름은
가을과 겨울은 이와 같을까

발목과 무릎과 허벅지는
치마의 길이 바지의 끝단

노란 머리 빨간 머리를 만들었지만
바람의 탓 이마의 탓

코끝의 방향은
걸음의 속도는 유행일 뿐
당신이 느리다고 말하고 싶지 않다
당신의 코가 이상하다고 생각하지 않는다

쿵쿵쿵 바람의 발소리
황금빛 먼지의 냄새

* '네코이라즈(描いらず)'는 기생 화선이가 먹고 죽은 쥐약(김동
 인, 「눈을 겨우 뜰 때」).

우리들의 진화

감자와 고구마의 영양 성분은 놀랍다
나는 섭취한 대부분의 영양을 발로 소비한다
내 두 발을 사랑해

열 개의 손가락을 오래 사랑했다
고부라지고 구멍이 숭숭 뚫려 있는
멈추지 않고 자라나는

내 몸의 물은 내 몸으로부터 빠져나가고
우리는 길을 똑바로 걸어
우리가 원하는 곳으로 가고

우리는 길을 똑바로 걸어 되돌아왔다
사라지는 골목을 사랑해
오래 사랑했다

*

사람들의 팔과 다리를 잡아먹는

프레스기(機)의 진화에 대해 생각한 적이 있다
우리는 세상에서 가장 단단한 동그라미가 되어
간다

긴 손가락으로 긴 손가락을 잡으면
더 큰 동그라미들이 태어날까
더 많이 태어났다 오래 죽어갈 수 있을까

천장 위에 쌓이는 먼지들의 고고한 자세로
우리는 숨을 고르고 다시 손을 모은다
내 몸을 엉망으로 기억하는 이불에 대해
아무런 감정을 갖지 않기로 한다

*

우리는 일어나서 웃었다 나는 점점 더 차가워지고
나는 점점 더 물렁해지며 아무 냄새도 피우지 않는다
외로운 자들이 자꾸 명랑해지는 이유를 하루 종일
생각했다

말이 없고 불만이 없는 자들이 사라질 미래를 향해
걸었다

저 나무를 들어 올리면 몇 채의 집이 쓰러질까
저 산을 뽑아낼 아무런 상상도 하지 않았다

직선으로 내리는 비는 본 적이 없다
동네를 두 바퀴 세 바퀴 돌고
우리는 안전하게 다시 웃었다

톰이여

가을 풀벌레처럼 다정한 목소리로 울어서 톰은 내
가 죽였어 텔레비전이 끓는 동안 사람들은 얼굴을 바
꾸고 달콤해졌지

톰이 죽은 사실을 모르고 잔디는 조금씩 부풀고 창
가의 구름은 점점 분명하게 흘러갔지 톰이여 톰이여
화살표 같은 톰이여

긴 목으로 주근깨들이 옮겨갈 때 노래를 부르자 톰
을 위하여 죽은 톰의 물렁한 귀를 위하여

두 손과 두 발을 가지런히 모으고 있던 개 한 마리
가 이제 막 문을 통과하여 바닥에 길게 누웠다 다리
밑에서 돌림노래를 부르던 톰의 긴 머리카락이 잉크
처럼 흐르고

마을의 정원들은 똑같이 물들어갔다 더 많은 톰들
이 다정하게 내게로 온다 용기 있는 개들이 아이들을
물기 시작했다

입술 모르게

건포도처럼 말라버리지 않으려면
뭘 좀 먹어야겠지요
쪼글쪼글 웃으면서
버스를 삼켜버릴 식욕을 배웁니다

감정과 감정 사이에
식탁을 차려놓고
기차를 출발시킵니다
칙칙폭폭 칫솔을 부러뜨립니다

아래로 아래로
아무도 모르게
오 분 사이에 식사를 끝내고
다시 오 분간 식사와
식사를 상상해봅니다

운전과 운전 사이에
허름한 식당을 배치하고

고양이처럼 명상에 잠겨서
오후 세 시를

방울 소리로 채웁니다
밤새도록 도레미파솔라시도
소화를 시킵니다
당신의 손을 잡은 것 같습니다

목요일마다 신선한 달걀이 배달되고

나는 먼지 쌓인 황금보다
황금빛 나는 먼지를 사랑해*
이 가을의 한순간을 길게 늘여놓아도 좋아
현명하게 현명하게
기차를 타고 떠나는 방법은 없다

기차를 집 모양으로 만들어도
집을 나가고 싶은 사람은 집을 나가고
집을 옮기고 싶은 사람은 집을 옮길 것이다
목요일의 신선 달걀을 포기하고

떠날 수 있을까 기차를 타고 비행기를 타고
구름을 깔고 앉을까
가장 먼저 부패되어갈 것과
가장 오래도록 남을 것을 한 냉장고에 넣어두고

우리는 떠났다 우리의 황금 위에
이제 먼지가 쌓여갈 것이고

부유하는 먼지를 오래도록 쳐다보다 잠이 들고
잠이 들었다 깨어나 창밖을 내다볼 것이다

구름을 깔고 앉았지만
유리창 바깥에는 우리가 없다
곧 달라질 것이다
그러나 그건 모르는 일
기차를 타고 돌아올 때까지

먼지와 같이 엉길까
엉기다 엉기다 무거워지면 가라앉을까
황금을 닦듯이 유리를 닦고
사과를 닦듯이 손을 닦고
돌아오지 않을 계절을 향해 잠깐 고개를 숙이고

*『트로일러스와 크레시다』

중국인의 책상

만두는 귀신 이야기
그 속에 무엇이든 채워 넣을 수 있다
꿩고기도 생선 살도 당면도
채울 수만 있다면 귀신의 입술

귀신도 취향이 있을까
성격이 있을까
아이들과 여자들과 놀 수 있다면
입가에 무엇이든 묻히고 덤벼들겠지

종이 상자를 물에 불려서
쪽쪽 찢어서
만두 속을 채운다면 감쪽같겠지
백번째의 내가 첫번째의 무서운 나를 알아볼 수 있
을까

푸른색 검은색 한 줄씩 칠해
이 무는 수박이다 수박이다 주문을 걸면

신경질적으로 길어진 수박을 칼로 자르면
아직 덜 익은 수박이 씨도 없이 웃겠지

세상에서 가장 긴 수박을 어떻게 할까
맛없는 고기는 책상 다리와 같다
무너지는 가슴
무너지는 이빨
무섭게 노려보아도 눈동자는 검은색

말 한 마리를 구해서
머리에는 고양이를
다리에는 의자를
꼬리에는 마돈나를 붙여서
달리자 중국인의 감정으로

얼룩말 시나리오

외롭다고 느끼는 나를 뭐라고 할까
펭귄이라 하고 서 있을까 한 시간쯤 두 시간쯤
만타가오리의 비행이라 할까
바다는 내게 무엇이었을까
구름을 배경으로 나의 등은 어떤 무늬일까

한 줄 한 줄 뜨개질을 하다보면
손은 사라지고 눈이 더 많아지는 것 같다
이 계절에는 더 이상 할 일이 없다
큰 잠자리 작은 잠자리 하늘에 그물을 던진다

나를 문 건 때아닌 모기일까
어느새 늘어난 집개미일까
들쥐의 동그랗고 까만 이빨일까
쯔쯔가무시의 발병률이 늘었다고 한다
질병도 유행이 있다니 멋지다

지붕을 물어뜯는 것은 한 무리의 별들

이빨 자국은 선명하고
아침에는 탁상시계가 울까 웃을까
지붕 위의 새들은 몇 번째 깨어날까
머리카락은 아래로 아래로 자라고

외롭다고 느끼는 나를 뭐라고 할까
펭귄의 무덤이라 하고 누울까
바위의 감정을 읽고 똑같은 표정을 만들 수 있을까
외롭다고 느끼는 나를 뭐라고 해도 괜찮다

나는 내 인생이 마음에 들어

나는 내 인생이 마음에 들어
한 계절에 한 번씩 두통이 오고 두 계절에 한 번씩
이를 뽑는 것
텅 빈 미소와 다정한 주름이 상관하는 내 인생!
나는 내 인생이 마음에 들어
나를 사랑한 개가 있고 나를 몰라보는 개가 있어
하얗게 비듬을 떨어뜨리며 먼저 죽어가는 개를
위해
뜨거운 수프를 끓이기, 안녕 겨울
푸른 별들이 꼬리를 흔들며 내게로 달려오고
그 별이 머리 위에 빛날 때 가방을 잃어버렸지
가방아 내 가방아 낡은 침대 옆에 책상 밑에
쭈글쭈글한 신생아처럼 다시 태어날 가방들
어깨가 기울어지도록 나는 내 인생이 마음에 들어
아직 건너보지 못한 교각들 아직 던져보지 못한 돌
멩이들
아직도 취해보지 못한 무수히 많은 자세로 새롭게
웃고 싶어

*

그러나 내 인생의 1부는 끝났다 나는 2부의 시작이
마음에 들어
　많은 가게들을 드나들어야지 새로 태어난 손금들
을 따라가야지
　좀더 근엄하게 내 인생의 2부를 알리고 싶어
　내가 마음에 들고 나를 마음에 들어 하는 인생!
　계절은 겨울부터 시작되고 내 마음에 드는 인생을
　일월부터 다시 계획해야지 바구니와 빵은 아직 많
이 남아 있고
　접시 위의 물은 마를 줄 모르네
　물고기들과 꼬리를 맞대고 노란 별들의 세계로
가서
　물고기 나무를 심어야겠다

*

3부의 수프는 식었고 당신의 입술로 흘러드는 포

도주도

　사실이 아니야 그렇지만 인생의 3부에서 다시 말
할래
　나는 내 인생이 정말로 마음에 든다
　아들도 딸도 가짜지만 내 말은 거짓이 아니야
　튼튼한 꼬리를 가지고 도끼처럼 나무를 오르는 물
고기들
　주렁주렁 물고기가 열리는 나무 아래서
　내 인생의 1부와 2부를 깨닫고
　3부의 문이 열리지 않도록 기도하는 내 인생!
　마음에 드는 부분들이 싹둑 잘려나가고
　훨씬 밝아진 인생의 3부를 보고 있어
　나는 드디어 꼬리 치며 웃기 시작했다

우리들은 자란다

나의 팔과 다리는 끝까지 나의 것이었으면 한다
수족관에서 물고기들이 쉬지 않고 헤엄을 치니까
탄력을 잃은 고무공이 나의 발끝으로 흘러드니까

나의 코는 한결같이 두 개의 구멍
접시마다 동그란 것이 네모난 것이 담겨져 왔다
나는 빠른 속도로 자라났다

외계인은 컵을 들어 올리고 숟가락을 구부리다가
동시에 모든 것을 멈춘다
외계에서는 이러한 단절이 아름답다

꺾인 목, 이건 외계인을 디자인한 사람이 가졌던
최초의 생각
　최후에는 길게 늘인 젖가슴과 다족의 환상

　나의 눈을 두들기는 불꽃들의 팔다리가 사라질 때
까지
　나의 팔과 다리는 끝까지 나의 것이었으면 한다

종의 기원

언제 건너가야 할까? 횡단보도 앞에서 그림자는
당당하게 죽었다 익사하면서 태양을 비웃는 자의 내
면은 가로수와 같을까? 아직 내 앞에 오려면 멀었는
데 바퀴들은 신났다

나의 입술을 진지하게 받아주기를…… 우물거리
는 자의 내면은 다락방의 꿀과 같을까? 먹다 버린 껌
과 사탕 같은 것들이 보도블록 위에서 내면과 같이
자란다

지난 장마 때 가로등이 잠겼는데 강물 속에서 불이
켜졌던 거 알아? 물고기들이 깜짝 놀라 나무에 매달
렸는데 나뭇잎의 내면이 더러워진 거 알아? 탬버린
과 트라이앵글의 내면은 다른데 너는 콧노래만 부르
고 있구나

맨주먹으로 문을 두드리는 사람은 문을 이기고 라
디오를 이기고 도마를 이기고 부글부글 끓어오른 뒤

에 얌전한 손이 되었다

　구멍 난 양말 속에서 발가락이 빠져나왔고 성기와
같았다 강아지가 컹컹 짖으면서 꼬리를 빌려주었다
이 나무는 내 것 저 나무도 내 것 길거리에 세워진 것
들을 향해 착한 꼬리를 흔들어서 좋은 강아지들

소나티네

이슬은 풀밭을 무너뜨리지 못하고
땀방울은 얼굴을 지우지 못하고
강물은 검은 팔다리를 휘감고
사람들은 격렬한 운동 속으로 흘러갑니다

휘휘 감긴 뿌리가 플라스틱 화분을 들어 올립니다
머리카락이 뭉쳐서 더 큰 머리가 됩니다
차분하게 취미 생활에 몰두합니다
손가락에 힘이 생겼고 손목이 뻐근합니다

사람들이 차를 타러 우 몰려갑니다
가방 속 물건이 떨어지는데 아무도 모르고
충돌하고 휘말리고 크게 소리를 지릅니다
공 같은 얼굴을 가지고 벌판 같은 소리를 지릅니다

신문 너머의 얼굴들이 웃습니다
이야기는 반씩 펼쳐집니다
사람들이 더 크게 울지요 더 크게 인사합니다

다 자란 손을 뻗어 사람들을 만집니다

떨어진 사과는 몇 번 구르다가 멈출까요
누구의 발 앞으로 흘러들까요
3은 이루어지는 숫자입니다
세 개의 주름으로 얼굴을 완성했습니다

뼈

내가 뼈가 될게
돼지의 말씀의 가로등의
환한 뼈
전투적인 머리카락의 검은 뼈

마네킹은 온몸이 뼈처럼 서 있군
유리를 긁으며 소리 없이 웃는다
오후의 마네킹은 모래언덕 같은데?

돗자리 바구니 자전거에는 뼈가 없고
밤으로 가는 열차에서는 뼈가 녹아

뼈가 될게 새벽에는
참새의 부리가
지렁이의 뼈를 부러뜨린다

새벽부터 밥을 먹으니
내가 튼튼해지는 것 같아

내 뼈를 공원으로 수영장으로 이동시켜줘

잉어들이 바닥에 수염을 꽂고
지느러미를 떼어내며 욕하는 것 같은데?
뼈의 굵기나 길이는 중요하지 않거든

시계가 뼈를 벌리며 하루를 완성해
종소리가 귀에 뼈처럼 꽂혀
내가 여기 서 있을게
자라서 뼈가 될게

오늘은

오늘은 살과 비늘로 이어진 날

한 마리 물고기는 한 마리의 냄새를 피우고
두 마리 물고기는 두 마리의 냄새를 피운다

오늘은 파도를 무시하고 입술고래와 만나는 날
내가 듣는 줄 모르고 여기저기 시끄러운 날

야광 후프가 반짝반짝 돌아가고
이리저리 허리가 꺾이고 다리가 늘어난다
오늘은 살과 가죽 사이에 아무것도 없는 날

오늘은 식구들이 다 낮잠에 빠진 날
선풍기가 산소를 먹고 머리카락을 먹고
아이의 손가락을 먹다 기념된 날

비둘기 맛처럼 상상하기 싫은 입속의 날
똑같은 표정으로 똑같은 사탕을 쭉쭉 빤다

오늘은 빨아 먹다가 깨지는 사탕의 날

오늘은 입술이 바닥난 달의 일요일
날아오르는 비닐봉지가 막대기에 푹 찔린다

살과 가죽 사이에 즐거운 날
깡패를 무시하다 큰 칼에 푹 찔리고 싶은 날
찔리기 전에 고개를 떨어뜨리고
아슬아슬하게 용서를 받고 싶은 날

오늘은 튼튼한 봉투에 머리를 담고 싶은 날
파충류 같은 기차를 타고
개미 같은 버스를 타고
빨개진 눈으로 노란 세계를 보고 싶은 날

大원수 무찌르자 포장마차

살인자는 플라스틱 케이크 칼을 들고
주머니에서 잃어버린 손가락을 꺼내 흔드네
그건 나의 것인데 하며 울다가
어느새 좋은 생각에 빠져버리는
이건 마치 오래전에 꿨던 꿈과 같아

껍질을 까다 만 양파가 바닥 위로 굴러간다
너무 빨리 달리는 것이 죄인가?
느리게 말하는 것이 죄인가?
죄수들은 왜 알록달록하게 옷을 입지 않을까?
생각도 훨씬 긍정적으로 바뀔 텐데

지글지글 끓는 기름은 공기와 뒤섞이다가
비누가 될 것이다 알찬 여자들만이
비누를 녹일 것이지만
부글부글 끓어오르는 감정은
머리카락을 들어 올리고 머리를 들어 올리고

이건 마치 오래전에 꿨던 꿈과 같아
발이 녹아버린 벙어리가 응응응 찬송을 하네
너무 길다 그건 나도 아는 찬송인데
가만 보니 손도 녹아 있다
고난과 고통을 통해 지하철 통로를 발견했을까?

이 계단을 빠져나가면
마치 오래전에 꿨던 꿈과 같이
大원수 무찌르자 포장마차가 있겠지
국수와 소주와 플라스틱 그릇들이
딱딱딱 이를 드러내며 웃고 있겠지

우리는 벌써 꿈에서 깨어났다
우리는 합창을 한다

원피스

한 정거장 먼저 내렸다
원피스가 휘날렸다
물방울이 떨어져 나갈 듯이

한 정거장 지나 내렸다
왔다 갔다 하려던 건 아니다
나는 아무 잘못이 없어요

제발 나를 세워줘요
원피스 속에 갖출 것은 다 갖췄는데
사람들이 날 무시해

너의 물방울은 검은색
너의 물방울은 사라져
너는 물방울도 없이
원피스를 입고 어딜 가니?

단수였어요

그릇을 많이 쌓아두었어요
옥상에서 내려다보면
머리통 다음이 엉덩이
그다음은 없어요

한 바가지 물로
원피스를 빨아서
드라이로 말려서
물방울을 그렸어요

버스를 탔어요
여자들이 횡단할 수 있도록
물방울 맛이 좋도록

우아하게 살고 싶어

생마늘을 까면서 엄마가 웃는다
발톱 같지 않아?
껍질이 붉고 알맹이가 붉고 손톱이 붉고
붉은 손톱은 자르기에도 좋네

오십 포기 김장 후에
찬물에 손을 담그고 있던 엄마는 사라졌다
소금을 넣었는지 설탕을 넣었는지
오늘 저녁 밥상은 불균형과 부조화 속에서
모두들 웃고 있네

발톱이 살 속을 파고드네
고백 같지 않아?
주름치마를 입고
하이힐을 신고
다리를 모으던 시절에는 몰랐어

버스에서 지하철에서 엄마는 우아했지

퀵 턴 퀵 턴 하던 엄마에게
오렌지 나무의 오렌지를
레몬 나무의 레몬을
따주고 싶었어

운동장의 엄마는
시계탑의 엄마는
트랙을 이해할까
오른발과 왼발에
똑같이 힘을 주고

바람의 표정을 나무에게 돌려주러
태양의 관심을 해체하러
우아하게 고개를 들고
턱을 당기고
어깨를 펴고

내가 당신의 가족이 되어 드리겠습니다

우리가 가족이라고 해서 감정을 통일시킬 필요는
없겠지요 당신에게서 흘러내리는 땀방울은 지구의
영 점 영영팔삼 퍼센트의 물속에 포함됩니다

눈을 뭉치듯 구름을 뭉치는 당신을 위해
당신의 가슴 위에서 꼼지락거리는 열 개의 손가락
을 위해

사 곱하기 사
십육 곱하기 십육
엄지로 못을 박고 검지로 머리카락을 집어 올립니다

당신이 건져 올리는 감정에 우리는 서서히 빠져듭
니다 조금 더 늙는다면 코가 영 점 오 센티미터 정도
길어지겠지요 우리는 풍요로운 냄새를 피울 수 있습
니다

마이너스 일 플러스 일을 중얼거리며

오늘은 평범하게 걸어다닙니다
자세히 안 보면 안 보이지만 내가
당신의 가족이 되어 드리겠습니다

돌이 빗줄기처럼 쏟아지고
우리는 그것을 피로도 황금으로도 바꿀 수 있습니다
웃다가 넘어질 수도 있습니다
무릎을 깨고 손사래를 치겠지만

내가 발 담그는 물은 영 점 영영팔삼 퍼센트의 물
속에 속하고 이 지구 위를 돕니다

감상적인 젤리피쉬의 헤엄은
감상적인 바다 속에서 내가
당신의 가족이 되어 드리겠습니다

제2부

금자씨의 권총

3층 베란다 창문으로 담배꽁초가 들어왔습니다
위층 사시는 분들 베란다 밖으로 담배 버리지 맙
시다
빨래가 불탔을까 빨래하다 머리가 불탔을까
부글부글한 거품으로 권총을 만들었을까
우리 동에 향수 쓰시는, 21층 사시는 아줌마 한 분
향수 소비량을 조절해주십시오
우아하게 요구할 수 있다
콧속으로 들어와 머릿속에 폭풍을 일으키는
장미꽃들 가시들

*

전광판이 불타오르고
흥분한 캐스터는 축하 메시지라고 우긴다
아래층에서는 야구 보느라 라면으로 저녁을 때우고
우린 식전인데 과일만 먹는데
캘리포니아가 불타오르고

삼나무가 오렌지 나무가 아몬드 껍질이 타오르고
와인과 어울리고
캘리포니아 왕뱀을 소방 호스처럼 잡고 싶지만
삼촌이 어디 사시더라
불도 뱀도
타오르는 삼나무도 무섭고
삼촌 앞의 총구멍도 무섭고
삼촌의 불타는 한국어도

*

태풍이 오면 변기 물이 기울고 모빌이 돌아간다
다 같이 조금씩 흔들리면서 울거나 웃는 것이 되겠
지만
화장실에서 나오다 퍽 쓰러져도
누구 하나 안내 방송도 안 할 거면서
오늘은 왕족발이 가죽 수선이 차량 수리가 왔다고
친절에 꽂혀 마이크를 가져다 귓가에 들이대는군

19층부터 1층까지 내려갈 생각은 없다
권총이나 하나 쥐고 있었으면
총알 없이 그냥 폼 나게
들고 아파트 주변 산책이나 하게

마른 사람

누군가 자꾸 날 그렸다
펜을 잡고 종이 끝을 눌렀다
내 얼굴이 가로수처럼 늘어났다
시원했다

누군가 자꾸 날 그렸다
얼굴이 알록달록해졌다
거칠거칠한 보도블록을
나 혼자 걸었다

누군가 자꾸 날 그렸다
토할 것 같아
초콜릿을 먹고
검은 입술을 만들어 웃었다

자꾸 날 그리는 사람이
발이 없어서 너무 춥다고
전갈을 보냈다

무시했다

자꾸 날 그리는 사람
자꾸 날 밀어놓고 마르는 사람

뚝섬 유원지

발을 열심히 굴리는 연인들을 싣고
오리는 기우뚱거리며 교각 쪽으로 흐른다
오렌지색 방수복을 입은 사람들은 안전하고
오리는 한결같은 표정을 짓고 있다

국적을 알 수 없는 비닐 연들이 꼬리를 매달고
늙은이와 아이들을 들어 올린다
스낵카에서 국수를 삶는 여자는
그 꼬리들과 눈을 잠깐 맞추었을 것이지만

캔맥주를 따고 오징어를 마저 뜯어 먹는 사람들
푹신한 잔디 위로 두 다리를 쭉 뻗는다
교각 쪽으로 흘러갔던 오리들이 되돌아오려면 멀
었다
바람을 타고 오르는 연들도 쉬워 보이지 않는다

하늘에도 강물 속에도 부서진 계단은 있을 것이다
다시 저녁의 동그란 식탁으로 우우 몰려갈 사람들

오리들이 물고 오는 어둠과 숭숭 솟아오르는 풀들
조금씩 가늘어지는 팔과 다리들

봄의 수염처럼 풀들의 먼 조상처럼
우리가 다른 오리를 선택했더라도
우리는 지금 여기에 이르렀을까
플라스틱 오리들은 내내 한강을 기억할 것이다

청평 가는 법

도로 위에서 냉커피를 파는 사람은
강냉이도 팔고 꽈배기도 판다
구구단을 잘하지만 모두 천 원씩에 판다

창문을 내리는 사람들도
칠단 팔단 구단까지 하는 사람들이
시원한 음료수나 단것들을
모두 천 원씩에 사 먹는다

마스크 너머에 모자 속에 얼굴들은
눈이 두 개 입이 하나 코가 하나
그들의 손에 내 손을 잠시 겹쳤다 풀어놓는다
약속이나 한 것처럼

청평은 물이 맑으니까 서울에서 가까우니까
삼촌의 예쁜 애인들이 참외나 수박을 내놓으니까
간다
차가운 계곡물에 발목이 들락날락하고

바위를 밟았다 이끼를 밟았다 할 것이다

어디선가 베어낸 구름이 빠른 속도로 자라났다
비가 올까 비가 올지도 몰라
파라솔이 있을까 알록달록할까
계곡물이 불어 무릎까지 허벅지까지 오를까
오를지도 몰라

우리를 휩쓸고 계곡물은 즐거울까
오천 원짜리 검정 튜브를 타고
우리는 더 많은 대화를 나눌 것이다
검은 소가 흰 소가 될 때까지 노래를 부르면서
우리는 청평에 갈 수가 있다

우리의 우정은 언제부터 시작되었는가

심리 건강 연구소
감정과 기분은 장에서부터 시작된다는데
배 한 척을 집어삼킨 대왕 오징어의 마음은 어땠
을까
대왕 오징어의 입도 윗부분과 아랫부분이 있다
굳게 닫힐 때 침 대신 물이 새나오겠지만

순간적인 감정
괴물은 왜 인간과 사랑에 빠지는 것일까
괴물과 살면 참 불편할 거야
괴물의 식성은 노란색 괴물의 습관은 초록색
괴물의 변덕과 괴물의 무게를 감당하더라도
저녁의 식탁이 너무 알록달록해지면 곤란해

자두
책에서 자두, 라는 글자를 보고 충격을 받았다
잊어버리려고 해도 머릿속에서 계속 자두 자두 자두
끝이 없었다 나는 두 주먹을 꼭 쥐었지만

자두는 검은 발을 가지고 쿵쾅거렸다
뉴스도 야구도 못 보고 입이 말라갔다
피망 오이 가자미 해파리 양배추 건전지 건전지 건
전지

남산 위에 떴지
개는 친해지기 위해 벌렁 눕기를 잘한다
그럴 때 나는 개의 젖꼭지 수를 세어본다
2열이지만 꼭 짝수는 아니다
강아지도 꼭 짝수로 태어나는 것 같지는 않다
밤하늘의 별이 죽은 개의 젖꼭지처럼 빛나지만
별들도 꼭 서로 친한 것 같지는 않다

누가 보일까
거울 속의 나는 항상 모자라거나 넘친다
부끄럽거나 아름답거나
나는 좀더 친해지기로 마음먹는다
우리는 서로의 냄새를 오래 맡을 수 있으니까

미래형 지폐 제조기

눈 딱 감고 떼먹을까요
백만 원 빚 같은 건
나의 눈빛은 과거로부터 옵니다
구립 도서관에서 일해요

아이들이 우우 뛰어다닙니다
책을 빌려갑니다
백만 원도 모르는 아이들
쓰레기통에는 생수통 커피캔

이틀 동안 먹어치운 것들이 많습니다
박스를 부수고
묶어서 세웁니다 세 시간 동안
다음 주에는 농장에 갑니다

오리를 잡으러
신사임당이 좋을까요
유관순 누나가 좋을까요

새 지폐를 생각하며

일합니다 백만 원 백만 원
금고형 가방 속에 들어갈 만큼
나는 말랐지만
착착 귀가 접히지만

오백 마리 착한 오리들에게
미래를 줄 수 있어요
반대편 벽을 바라보듯
오리 목을 칩니다

내 인생의 0.5

터미널 앞 만두집에서 만두를 한 판 먹었다
치자의 찝찔한 맛이 만두에 가닿았다
부추나 숙주 따위가 이 사이에 껴서
혀끝으로 이를 쓸어가며 먹었다

시곗바늘은 늘 애매하게 걸쳐 있다
그것이 정말 숫자를 가리킨다고 생각해본 적은 없다
조금씩 빨리 오거나 늦게 온 사람들이
서로의 숨을 섞어가며 앉아서 눈동자를 굴린다

멈추지 않는 것은 버스 그리고 창밖의 심장
창문이 안으로는 나를 낳고 밖으로는 어둠을 낳는다
도시와 도시 간에 느슨하게 마음을 풀어놓고
환기구를 통해 들어오는 비현실적인 냄새를 맡는다

아이가 울지만 아무도 말릴 수가 없다
차 안의 먼지가 실내 온도를 결정하듯이
졸음도 눈물도 구역질도 속도에 대한 반응

밤벌레들을 팍팍 터뜨리며

서로의 어깨에 머리카락을 떨어뜨리며
우리는 같은 목적지에 가닿고
납작해진 뒤통수를 털어내며 뿔뿔이 흩어질 것이다
밤 버스 가로등 별이 저마다의 속도로 달려가고

다 썩은 배 반쪽

다 썩은 배 반쪽도 먹을 수 없는 거냐고
속살이 노랗게 삭은 배라도 좋다고
구걸을 하다가 돌아가는 사람의 뒷모습을 바라보
다가
잠이 깼다 썩은 배는 내가 다 먹은 것처럼
입에서 단내가 풀풀 나고
두 눈은 이제 막 물러질 것처럼 터질 것처럼
손으로 뚝뚝 잘라서 건네주면 그만이었는데
몸과 마음이 얼어붙어 있었다
다른 대륙에서 새로운 인생을 설계할 사람처럼

똥을 밟은 것처럼 서둘러 발걸음을 뗐다
개똥밭 개똥밭 개똥밭
한낮의 해는 단물을 뚝뚝 떨어뜨리는 것만 같다
수박에도 뼈가 있고
제철 감자에도 썩은 것이 있다
바삐 식물들을 키워내느라
흙바닥이 쩍쩍 갈라졌다

흙냄새가 몸 냄새처럼 풍겼다

화장실을 들락거리는 나는
나눠 먹지 못한 썩은 배 반쪽을
영원히 들고 있는 사람처럼
손을 씻고 손을 씻고 손을 씻고
잠이 든다 잠이 들면서
사라지는 손의 무게를 생각한다
여름밤은 꿈을 꾸기에도 덥지만
뒷모습을 챙기러
배를 먹이러 서둘러 간다

f

그는 프랑크푸르트에 갔다
프랑크푸르트는 f가 두 개나 들어가서
발음할 때마다 불편하다
두 개의 f를 발음하다가
다섯 시 오십오 분을 놓칠 수도 있다

루프트한자를 타고 갔을까
하나의 f를 매달고 한 번의 화장실
두 번의 식사 세 번의 기지개를 켜고
신문을 꼼꼼히 읽고
창밖의 구름으로 아무것도
아무것도 만들지 않고

적금을 적립식 펀드로 바꾸라고
은행 직원이 전화를 했다
펀드의 f는 불안하다
네 시 반까지 은행 시간도 불편하다
보도블록 같은 f

아파트 난간에 서서
날아가는 빨래를 본다
f같이 서서 죽은 새들을 향해
손을 뻗어본다
새 같지만 f같은 마음에 도달한다

주말여행 계획서

운동장에서는 재경영천고등학교 야유회의 북이
둥둥
도마뱀처럼 활기차게
천막을 치고 하늘을 가리고
굴러가는 공을 따라 순서대로 넘어집니다

고향과 고향집과 미루나무도 노래를 좋아할까요
골대의 그물이 힘차게 흔들렸어요
오늘 밤에는 깊은 잠을 이룰 수 있을 겁니다
축구를 했으니까 진 게임도 훌륭하니까

해가 지고 있는 동안을 오후라고 합니다
할 말을 쏟아내면서
코끼리 코는 빨개지고
기린의 뿔은 의심받고
원숭이는 나무도 없이 팔을 늘어뜨립니다

병을 깨기에 적당한 곳입니다

소리를 지르기에 적당한 곳입니다
청군과 백군이 모두 즐거워질 때까지 북이 둥둥
주말 저녁입니다

검은 무지개

대장에 콩팥에 혹이 매달린다
우리는 조금 무거워진 것이겠지만
괜찮습니다, 없는 것처럼 지내도 되겠지만
주머니 속의 차가운 손처럼
나의 코도 입술도 눈썹도
조금씩 의심스러워지고

대장의 혹은 대장과 같이
콩팥의 혹은 콩팥과 같이
하루를 보낸다
할 수 있는 말들과 할 수 없는 말들을
동시에 늘어놓고
공처럼 구른다

커다란 발 앞에 이르면
좀더 커다란 공이 된다
약속이나 한 것처럼 머리가 희어지고
희어진 머리를 빡빡 빗어내며 검게 만들어버린다

검다는 것이 한없이 즐거운 것처럼
우리는 거울에 웃음을 바르고

희한한 속도로 구르며 냄새를 피운다
빨간색 다음에 영원히 검은색을 칠할 사람들처럼

송곳니

물살이 빨라 어지러워
눈을 찡그리며 웃고 싶은데
송곳니가 널 무섭게 할까 봐

세상에는 자전거를 못 타는 기분도 있다
송곳니가 반짝이는 이상한 기분은
송곳니로 찌르는 이상한 기분으로 위로할 수 있지

강물에 빗줄기가 꽂히는군
적색 황색은 강물의 웃음일까?
배가 부른 강물은 뭘 할 수 있을까?

저렇게 많은 강물보다
강물의 물렁한 바닥이 더 무서워
너의 손바닥보다
축축한 목장갑이 더 무서워

우산을 쓰고 자전거를 탈 수는 없다

지붕에 올려놓은 신발들은
발이 없어서 물만 채우고 있겠지

이제는 송곳니를 닦아야 할 시간

물고기의 중심

1초…… 2초…… 8초… 9초…
내 시계가 이상해서
잠수 중인 오리가 떠오르지 않았다
소녀처럼 앉아서 소년처럼 웃자

오리는 물고기를 삼키고
엉덩이부터 오리가 되었다
강물도 계속해서 웃는 것 같다

아저씨들의 은근한 눈빛이
나의 얼굴과 가슴을 만들어놓았다
시계를 강물에 던지니까
아저씨들이 낚시를 좋아하는 척했다

강물에는 건져 올릴 신발과 가방이 많다
물고기의 중심에는 소녀도 소년도 없다
강물의 얼굴을 모방하기는 어려웠지만

13초······ 14초······ 17초··· 18초···
곧 주먹과 가슴이 발사될 것 같다
강물에 도움이 되라고
아저씨들을 맞추지는 않을 것이다

박춘근 씨 밑에서 일하기

아저씨는 형이상학적인 웃음소리를 냈어요
드미트리 흐보로스토프스키, 라는 이름을 라디오에
서 들었을 때
춘근이 아저씨의 목젖을 보는 것 같았어요
검은 창자가 흘러나온 것처럼 생겼지만
입은 박춘근 씨에게 중요한 기관입니다

백만 인의 가족사를 단 한마디로 요약하는 능력을
가졌죠
제가 박춘근 씨에게 처음 들은 말도 바로 그거였
어요
제때 밥은 먹어야지, 하고 단 일 초 만에 딴말을 했
지만요
정오의 닭의 배 속에는 가시 같은 것이 자라고 있
었습니다

이데올로기를 가진 흑발이었어요 박 아저씨는
염색 후에 상자에 붙은 여자들을 오리면서 진지해

졌지요

춘근이 아저씨의 연애사는 가위질과 도배질 속에
있다고 생각했습니다

본드를 불면 튀어나오는 환상처럼 벽이 울퉁불퉁
해졌어요

명자야 명자야, 하며 잠꼬대를 했습니다 아저씨가

꿈속을 막무가내로 훔쳐보는 심보가 틀렸다면서,
내 머리통을 쳤어요

입속에서 콩 같은 것이 툭 튀어나오려 했지만, 박
춘근式으로

子字 이름을 가진 여자들은 개명을 해요

개명은 낡은 유행이죠, 라고 조용히 대답했습니다

죽기 전에 명자 아줌마가 돌아올지는 모르겠지만요

진, 숙, 연 등의 이름을 가지고 오면, 오면 정말 고
민이죠

방구석에 차라리 마네킹을 세워두었으면 좋겠어요

화려한 팬티와 커다란 브라를 입힌 여자로다가

경제적으로 어려울 때의 일은 숨겨두는 것이 좋겠
습니다
세상은 뻥 뚫린 벽 같은 것인지도 모르죠
바람 같은 손이 불쑥 나타나겠지만, 고요해진 날
에는
파트너십을 예술적으로 승화하는 것이 필요해요,
아저씨 건배

사방에서 튀어나온 꽃들이 전속력으로 벽지 위에
도로 박힙니다
암술과 수술처럼, 우리는 독자적으로 아름다워지
겠죠
멋진 아들딸들은 펜과 망치를 들고 슬프게 슬프게
울겠지만요

손만원 씨와 슈퍼 옥수수

손만원 씨의 코 길이였다가 얼굴 길이였다가
슈퍼 옥수수는 소주병처럼 통통해집니다
보기만 해도 가슴에 불이 확 일어납니다
슈퍼 옥수수 알은 사탕처럼 달콤하겠지만

옥수수 잎사귀를 씹는 손만원 씨의 이는 가짜지요
옥수수 슈퍼 알을 잇몸에 착실히 박아 넣고 싶겠
지만
육십에 입이라는 기계는 포기한 것 같습니다
말없이도 안 먹어도 살 것 같다고 구름을 보고 말
했지요

벗겨도 벗겨도 좋을 옥수수들이 저요 저요 합니다
팔뚝이 대단한 손만원 슈퍼 주니어들
정답을 말하고 씩 웃으려는 것일까요
하늘을 찌르는 만원 슈퍼 주니어들

옥수수밭에 전화가 울리는 것 같습니다

만원 씨가 받으러 갑니다

*

가을에는 만원 씨도 편지를 씁니다
지폐에 번호를 매기는 고상한 편지를
장 박사님 옥수수 박사님
슈퍼 옥수수가 슈퍼 돼지 슈퍼 거위에게 갑니다 갔
습니다

손만원 올림으로 끝나는 편지는 입술로 봉해집니다
만원을 잇몸처럼 아끼는 만원 씨의 옥수수밭에
프리미엄 노을이 지고 가슴에 불덩이를 끄러 시내
로 갑니다
옥수수 슈퍼 알 같은 욕들이 툭툭 튀어나옵니다

노란 황금 밭이었다가 항구의 이별이었다가
눈물의 바다였다가 개똥밭이었다가

물렁한 음식들을 대충 집어삼키는 만원 씨
이 손만원이가 바로 이 손만원이가, 로 이어지며
옥수수 하모니카라더니 주사도 뻑뻑 슈퍼급입니다

식물들의 시간

기다란 손가락을 주머니에 구겨 넣고
나는 운동하러 간다
주머니는 손 모양으로 불룩하다
빼빼 마른 몸으로 운동이라니
등 뒤에는 말리는 엄마 엄마의 입술

정해진 순서에 따라 숨을 고르고
그라운드를 밟는다 뒤로 걷는 연습
뒤로 가는 발자국과 영원한 연습
철봉에 손가락을 감고 맹목적으로 매달린다

하나 둘 셋, 불과 같은 바람
나는 셋이라는 구령 속에
완전함과 죽음과 칠레
내가 가보지 못한 영원한 나라들을 생각한다

똑 똑 똑, 나는 세 번 노크한다
문을 열면 잔디와 트랙과 버스 정류장

문을 열지 않으면 정류장으로 가는 연습
주머니 속에는 손가락 이외의 것은
쉽게 담기지 않을 것이다

나는 운동하러 간다
버스를 타고 간다
곧게 발을 뻗으며
어깨를 앞뒤로 흔들어본다
나는 운동하러 가는 저녁이 좋다
정해진 순서에 따라 호흡을 고르기 때문이다

도약하는 사과

말끔하게 얼굴을 씻고

사과를 먹으려다 말았어요
형광등이 들어왔다 나갔다
손가락이 끊어졌다 붙었다

사과를 먹은 것 같습니다

사과는 회전하면서
맛있는 사과가 되었어요
입은 본질적으로 코에 속합니다
중개하는 사과

얼굴을 착착 접고 지붕에 올라가
지붕에 올라가 까마귀를 부릅니다
머리털을 뽑으며 깍깍 불길합니다
사과는 맛있어요 붉어요

인간의 지식은 쓸모가 있습니다

눈물에도 역사가 있어요
역사가 있는 곳에 나와 사과가
눈을 만들어요 두 개씩
도약하는 사과

옛날 버터 케익

아무도 하지 않는 것을 할 때
테이블처럼 즐겁고 반듯해지는 기분
나는 손뼉을 치고
너의 생각은 모두 말이 되어 나온다
일곱 개의 언덕을 만든다

너와 나는 다시 지폐처럼
깜빡 잊어버리기 쉽고
이태리처럼 가짜고
사막처럼 펼쳐져서
아무도 하지 않는 대화에 공을 들인다

촛불을 끄고 어두워지면
서로의 얼굴을 더듬는다
웃는지 우는지 맞춰보고 싶겠지만
우리의 손바닥은 과감하다

핫도그의 기원을 이야기하며

우리는 사계절

우리는 둘러앉고

아무도 하지 않는 노래를 부르고

버스여 안녕

공기를 잘못 마신 탓이다
아이가 운다
아이의 목이 사라질 때까지
바퀴는 마음대로 굴러간다
귀가 커진 사람들이
버스를 타고 내린다

흔들리는 버스
사라지는 나무들
너의 발목이 자라는 속도를
다시 계산해본다
버스는 빨간색
버스는 이 층

분명 공기를 잘못 마신 탓이다
너의 불친절은 내가 말이 되게 한다
송아지가 되게 한다
병아리가 되게 한다

나는 버스를 타고 떠난다

흔들리는 삼십삼 층을
흔들리는 삼십이 층이
떠받치고 있는 것일까
너는 인생의 몇 번째 의자에 앉아
너와 의자를 의심하고 있을까

불꽃 나무를 지나
고래의 차가운 입에
입을 맞춘 탓이다
버스여 안녕
쨍한 봄날의 버스여 안녕

옥수수밭의 전화

기다리고 있는데 오지 않습니다

사람들이 나란히 줄을 서고
극장 안으로 빨려 들어갑니다
옥수수밭의 옥수수 알들은
아직 익지 않았습니다

비가 오는데
구름이 몰려오는데
회색 까마귀가 까악까악
영화 포스터를 물고 놉니다

공포 영화는 끝났는데
기다리고 있는데 오지 않습니다
계단 아래로 동전이 굴러갑니다
하나 둘 셋

개미들은 소리 없이 살아갑니다

마지막 말을 찾지 않아도 됩니다
개미는

기다리고 있는데 오지 않고
계단 아래로 동전이 계속 굴러갑니다
이제 옥수수 알들은 날아가 버리고 없습니다
기다려도

나는 여기 서서 토막 나지 않습니다
시계는 둥글고
바늘은 뾰족하고
지구본은 지구를 잘 보여줍니다

제3부

코

코가 식물처럼 자라나기 시작했어요
한쪽 방향으로만 한쪽 방향으로만
콧속을 단순한 걸로 채워갑니다
내 마음대로 주물러서 코의 형상은 바퀴
손잡이만 한 고리를 걸고
반성을 모르도록 코는 진화합니다
당신은 영원히 뒤를 밟겠지만
나는 사라지는 코를 붙잡죠
너무 많은 것들을 흘려보낸 뒤의 일이겠지만
아무것도 참지 못하도록 코를 뭉치겠어요
빠른 속도로 사라지면서
가까운 곳에서 코는 물이 되어가죠
가장 감상적이고 성난 코를 보내드립니다

꿀이라고 생각되는 맛

위험한 여자들이 꿀의 맛에 대해 논한다
구겨진 이불이 허공을 품듯
꿀을 모으고 있는 것인지도 모른다
유리 같은 꽃이라고 말했는지도 모른다
굉장한 말벌이 실내에 들어왔고
창문이 모두 열려 환한데

한 번만 더 쏘이면 벌이 될 거라고 말한다
큰 꽃인데 안과 밖이 무섭도록 같았는지도 모른다
꿀을 달래서 살살 흔들면 벌집 모양이 된다는 걸
꿀 장사가 알려주었다
꿀의 값을 치를 상상은 머리에 꽃이 피게 하고

꿀의 맛
사람의 맛
벌집의 맛
지붕의 맛

겨울 들판에 봄꽃이 번질 날에 대한 노래인지도 모
른다
　기타 속에 숨어 있는 벌들이 붕붕거리자
　가수가 죽고
　호숫가에서 죽어서 마지막 날들이 흘렀는지도 모
른다
　꿀이라고 생각되는 맛의 침이 입가에 고여서
　잠깐 웃을 수 있었을 것이지만

청바지를 입어야 할 것

나의 기분이 나를 밀어낸다
생각하는 기계처럼
다리를 허리를 쭉쭉 늘려본다
이해할 수 없는 세계에서
화초가 말라 죽는다
뼈 있는 말처럼 손가락처럼

일정한 방향을 가리킨다
죽으면 죽은 기분이 남을 것이다
아직 우리는 웃고 말하고 기분을 낸다
먹다가 자다가 불쑥 일어나는 감정이
어둠 속에서 별 의미 없이 전달되어서
우리는 바쁘게 우리를 밀어낸다

나의 기분은 등 뒤에서 잔다
나의 기분은 머리카락에 감긴다
소리 내어 읽으면 정말 알 것 같다
청바지를 입는 것은 기분이 좋다

얼마간 빽빽하고 더러워도 모르겠고
마구 파래지는 것 같다
감정적으로 구겨지지만
나는 그것이 내 기분과 같아서
청바지를 입어야 할 것

펭귄의 독서

흉내 낼 수 없는 속도로 빙글빙글 도는 것이
너의 기분을 표현하는 것이어서
두 눈을 어디에 두어야 할지 모르겠어
꿈으로 넘어가는 펭귄을 보고 있어
이곳의 박수 소리가 너무 커서
얼음판이 쫙 갈라진다면

남극의 바닷속에 펭귄들이 던져지겠지
세계의 평화로운 자리에 총알이 딱 멈추면
어떤 손가락을 들어 올려야 할지……
바닥이 패도록 같은 자리에
신문은 놀랍도록 일간 주간 월간
조금씩 달라지는 글자들을 우리는 좋아해

얼음 위에 글자들을 새기며 모르는 척 녹아버린다
머리카락이 조금씩 자라는 것일 뿐인데
우리는 밤마다 더 많은 것들을 원하게 되고
잠의 세계에서 우리는 기립

우리의 주제는 꿈처럼 사라졌지만
네가 숨 쉬는 차가운 공기를 찾아냈다

단추

몇 개의 단추로
몸을 가릴 수 있는 건 고마운 일
단추를 채우면 따뜻하고
덜 부끄럽고
자신감이 솟아오른다

단추는 단단하고
단추는 부드러워
열을 맞추어 매달려 있는 것이 목숨 같네
간신히 매달려 있는 것 같지만
뜯어내지 않아도 좋다

차례대로 단추를 끄르거나
성급히 단추를 채울 때
부끄럽고 무안하고
자꾸만 작아지는 단추가
손끝에서 미끄러진다

바닥에 떨어진 단추를 집어 올릴 때
반으로 쪼개진 단추를 볼 때
단추는 가엾구나
단추는 없구나
누가 나를 지키나

단추는 나를 놀리고
나의 눈을 바닥에 깔고
나의 손가락을 농락한다
단추를 매달 때는 여유를 주어야 한다
실을 돌돌 감아 단추의 목을 만들어주어야 한다

바나나 익스트림

바나나의 피
바나나처럼 고요한 과일이 있을까
벗겨 먹고 베어 물고 찍어 먹다가 보면
바나나는 정말 물렁하다
가끔 시퍼런 바나나를 구해서
그걸 꼭 오이처럼 뚝뚝 베어 먹는다
커튼 속에 숨은 얼굴 같지만
바나나는 피가 없다
혹은 노랗다

커다란 입술
바나나는 껍질이 중요하다
원숭이 침팬지 고릴라 순으로
그걸 잘 벗겨 먹지만
손만 보면 누구의 것인지 모른다
바나나를 가로들고
노랗고 커다란 입술을 만드는 것이
바나나 회사의 광고였다

공과 키퍼가 동시에 휘어져 날아갔다
커다란 입들이 운동장을 삼켰다

하이힐
누군가를 미끄러뜨리고
바나나는 눈을 감았다
공포 영화의 문법에 맞게
바나나를 재구성하기 위해서는
단맛과 노란색과 껍데기는 버리고
바나나의 소리만 담아야 한다
세상에서 가장 끔찍한 비명을 지르며
흑백 영화의 여주인공이 죽어갔다

새우의 맛

머리도 꼬리도 다 같이 벗겨지며
새우는 어렵게 완성된다
분홍 새우지만 보리새우였고
새우는 얼룩말 같고
스프링 같다

여기저기 튀는 걸 먹고 싶지는 않다
빈 깡통을 뻥 차고
골목길을 재빨리 빠져나오고 싶지만
어려운 식사 자리에서는
불편한 전화 통화를 할 때에는
새우의 맛을 떠올리는 것이 좋다

명절이고
생일이고
기념일이어서
새우를 까고
하루 종일 손가락 냄새를 맡는다

새우와의 이별은 가능한 것인가

다 같은 새우의 맛이 아닌데
다 같이 냄새를 피울 수도 없는데
새우는 조용히 죽었다
기쁜 입술처럼 휘었지만
그건 몹시 난해한 곡선이다

고백의 일요일

주말 저녁이었다
비를 피해 달렸고
신호등 앞이었는데
물벼락을 맞는 짧은 순간에
물은 손가락 같았다
고백하는 사람이 되고 싶었다
사발에 담길 정도로 마음이 작아졌다

순한 눈망울을 가지고
남의 발목을 나의 발목처럼 어루만지다가
따귀를 맞더라도
썩 괜찮은 고백이었다고 말할 수 있을까
낙관적인 발목이니까
주말 저녁이니까
용서가 비교적 쉬울 것도 같다

아버지는 하이트 공장에 갔다
산악회 임원이었는데 장마가 졌다

믿지 못하겠다
맥주가 비처럼 쏟아졌다니
땅콩이 산을 이루고
모두가 산악회 회원으로서 열심이었다니
공장은 슬프다는 말 같다
주머니에 은근슬쩍 담아온 것들이
식탁 위에 수북이 쌓였다

피에로

말 없는 너의 입술은 끝까지 향기로운데
커튼 뒤에서 옷을 벗는 달콤한 소리를
너와 함께 들은 것 같은데

등을 토닥이는 낯선 손바닥은 정말 너의 것인가
나는 상자 속에서 반쪽이 되어 웃어도 좋은가

말발굽이 천국의 계단을 만드는데
칡덩굴처럼 너와 나는 왜 자꾸 향긋해져 가는지

달리는 말에서 네가 먼저 내린다면
나는 옷장 속의 옷처럼 납작하게 구겨져
너의 두 팔과 다리를 기다리겠지

탬버린과 캐스터네츠를 들고 있지만
박수 소리는 모두 원숭이가 거둬 가고
코끼리의 긴 코가 나를 들어 올린다

너의 눈빛은 이곳에 너무 많다
곧 뭉개질 축하 케이크처럼 숨을 죽이고서
너의 눈빛을 모아 커튼을 친다

크리스마스 캐럴

크리스마스의 물고기들이 수면 위로 떠올라 노래
를 부른다
반은 물이고 반은 공기인 노래
선물 상자와 같이 모호한 구름이 몰려오고

눈이 내려서 걷기가 나쁘지만
12월에는 커다란 발들이 내게로 온다네
부츠를 신은 것 같지만 그건 모두 나의 발

크리스마스의 눈깔사탕을 매달러 한밤의 나무를
오를까
거룩한 기도 끝에 달콤한 열매를 쪼갤까
11월도 12월과 같았는데 사람들은 표정을 바꾸고

크리스마스의 물고기들이 수면 위로 떠올라 노래
를 부른다
반은 어제이고 반은 오늘인 세계에서 살며시 눈을
떠보지만

눈동자는 곧 사다리같이 정직해지겠지

목소리가 클수록 함께 커지는 것들이 궁금한데
무서워질수록 빨개지는 것들이 궁금한데
12월도 1월과 같았지만 궁금한 것들이 이어지지 못
했다

우리는 같은 이름으로

나는 자전거를 타는데
발을 굴리면서
왜 트럭은 먼지를 일으키고
승용차는 저리도 검은가 생각하는데
바퀴들이 눈 같고 입 같다
나는 하나의 이름을 가지고 있는데
당신도 그렇지 않은가

당신에게 조금 더 많은 말을 하고
가끔은 어깨나 팔꿈치를 툭툭 쳐보기로 할까
말을 하면서 마음을 만들고
그렇게 만들어진 마음을
선물처럼 줄 수 있다면 좋겠지
더 자주 더 열심히 생각한다는 것이
당신에게 위로가 될까
위로의 끝에 새로운 이름이 고개를 들까

우리는 서로 다른 속도로 취하고

가로등이 두 개로 세 개로 무너지고
모서리가 둥글어지고
신발이 숨을 쉰다
우리는 같은 이름으로 자전거를 타자
바퀴를 굴리면 쏟아지는 달콤한 풍경들이
우리를 지울 때까지
우리의 이름이 될 때까지

고방 카스텔라

썩은 이를 방치하는 즐거움을 우리는 안다
열두 개의 달걀이 단단한 거품이 되어 매달릴 때
까지
우리는 몰두한다

밀가루는 다정한 것
밀가루는 아름다운 것
밀가루는 착한 것
달콤한 멜로디가 흐르는 오븐 속에
손을 넣어보고 싶지만

코가 사라지고
입술이 녹을 때까지
뜨겁게 고독하게
썩은 이가 될 준비를 한다

침대와 같이
겨울과 같이

카스텔라는 조금씩 사라진다
부드럽고 무력하게
우리의 살이 백색의 가루가 될 때까지
우리의 이가 검은건반이 될 때까지

출발 오 분 전

의사 L은 한밤중에 나의 왼손을 꿰매주었다
그의 휴대폰 알람을 내가 여러 번 꺼주었다
의사 L은 양손을 모두 써야 했고
그의 포켓 속에
깨어 있는 그를 재차 깨우는 휴대폰이 있었고
나에게는 오른손이 남아 있었다
그의 포켓에 쑥 집어넣은 나의 손이
그의 손 같았다

의사 L의 낡은 휴대폰을 꺼주고 나서
나는 나라고 할 수 있는 목소리로
출발 오 분 전이라는 사발면이 먹고 싶다고 했다
기차역 간이매점에서
더러운 물이라도 아껴 부어가며 먹던
뚜껑이 빨갛고 라면발처럼 퉁퉁한 글씨로
출발 오 분 전이라고 씌어 있던……
칙칙폭폭

그러나 기차는 떠나지 않았고
영원히 되돌아올 것 같지 않다
의사 L은
기차가 요란한데 들썩이는데
면을 후루룩 넘기고 있는 사람처럼 침착했다
예쁘게 꿰맨 것 같다고 흡족해하는
그의 덥수룩한 수염이
새벽의 허기에 가닿는 라면발처럼 위로가 되었다

하마

고요히 잠수를 한다면
달콤한 강물이 콧속으로 입속으로 들어와
노래가 되겠지만
기둥이 되겠지만
화가 난 하마들은
서로의 작은 귀를 물어뜯기 위해
동굴 같은 입을 벌린다

한 마리가 다른 한 마리를 향해 갈 때
강물의 수수께끼는 간단히 풀리지만
하마는 하마의 큰 몸집을 포기한 것처럼
거울 속에 빠진 것처럼 가라앉는다

자꾸 다리가 짧아지는 하마들에게 거울은 독일 뿐
몽땅 삼키고도 내내 비어 있는 입을 머리에 매달고
하마는 평생 수수께끼의 은유만으로 사는 기분일
것이다

꿈속에서는 달려갈 텐데
죽음 속으로 뛰어갈 텐데
하마에게 강물이란 좁고 긴 계단
진화하는 물의 세계에서
평범해지는 일에 하루를 바치고서
하마는 노을에 작은 눈을 건다

강물처럼

꿈속에서 넘어 온 당신의 손이
가볍게 나의 어깨를 두드릴 때 그건 나의 어깨였
을까
눈 코 입이 흐르지 않고 흘러가지 않고
당신의 얼굴 위에 꼭 붙어 있다는 것은 반가운 일

이 세계의 문들은 모두 반쯤 열려 있는 것인지도
한 짝씩 뒤집어진 신발은 숨 쉬는 것 같다
내게는 일곱 켤레의 숨 쉬는 구두
나는 순서대로 그것을 신지 않고
그것들은 같은 냄새를 풍기지도 않는다

열쇠나 지갑이 잠시 나를 벗어나는 것은 반가운 일
그것이 내게 조금 위로가 된다
나도 같은 자리에 서 있고 싶을 때가 있다
그러나 강물처럼 그건 불가능한 일

맑은 물 흙탕물 깊은 물 얕은 물이 수시로 흘러간다

강물 위에 비춰진 눈 코 입을 모아 얼굴을 만든다면
이 세계의 사람들은 모두 닫혀버릴 것 같다

그림자 수집

더 많이 걷고
더 많이 잠자고
신발을 가지런히 벗어두는 것은
그림자를 관리하는 데 필요한 일
그림자가 넘어지기에 방은 훌륭한 곳

문이 열렸다 닫히면서
방은 더 매혹적인 공간이 된다
가구들이 먼지에 사로잡히고
점점 좋은 가구들이 될 때
방은 조금 더 잘 보인다

한 남자와 한 여자가 만나고
그들에게는 내 이름이 아늑한 시간
헤어질 필요가 없는 세계
이 세계의 관념을 따라 머리카락이 자라고
그것은 커튼 같다
눈 코 입을 가린다고 해도

그림자를 휘젓는 마음은 즐겁다
그림자는 뭉쳐서
그림자는 가볍게
그림자는 나를 낳는다
그곳에는 속도가 없다

그림자

혹 불면 선반 위에 먼지가 날아가니까
먼지를 묻히고 옮기는 것들을
우리라고 생각하면 좋을까
우리가 무엇이었는가를 묻는 너의 입술에 기댈까
너의 입술이 나처럼 열리는 것은 두렵다

공평하게 우리를 나눌 수 있을까
우리에게 정말 중요한 일인데
입술처럼 그것은 달콤한 일이 될까
먼지와 함께 엉키고 굴러서
하얗고 작은 공처럼 보이니까
우리의 미래를 그 공 속에 불어 넣고

마구 굴리면서 땀처럼 눈물처럼
우리를 만들어보자
잔디처럼 운동장처럼
고요하게 일어서면서
우리가 가진 새로운 발목을 뽑내볼 수 있을까
그것이 우리에게 힘이 될까

삼겹살 수사

영혼을 팔아버릴 수도 있는
식사의 끝이 있을까
식탁 위에 어린 원숭이를 앉힐까

기울어진 철판 밑으로 떨어지는 기름을 모아
비누를 만들고
거품 속에 빠진 사람들을 건져 올린다면
다 용서받을 수 있을까

식탁 앞에서는 아무것도 묻지 않는 것이 예의인데
침묵은 종종 더 많은 물음표를 뱉어내고
튀어 오르는 것은 돼지의 것
돼지의 것

숨을 죽인 대파의 편에서
물렁하게 익어가는 마늘의 편에서 말하도록
술을 따르는 것이 좋다
오랜만인데 삼겹살이 좋다

괴물들

네가 앞으로 걸어가면 나는 뒤로 걸어가는 게 되지
우리는 한몸이 아니고 우리가 만나는 것이 아니다

우리는 한몸이 아니지 이 세계는 똑같이 푸르게 보
일까
내가 무엇인가를 껴안고 있는 것일까
우리가 함께 걷고 있다면 형제가 아니란 이야기다

*

1999년 이후의 까마귀 색깔에 대해서는 잊어도
좋다
검은건반 아래 흰건반 날아오르는 그림자의 회색

두번째 손가락 옆에 세번째 손가락
네번째와 다섯번째는 사라진 형제들이다
밤새 잠자지 않고 꿈꾸지 않고
사라진 형제들의 핏줄을 서서히 끌어당긴다

개척 교회의 목사가 된 삼촌이 국제 전화를 했다
사랑한다 내 영원한 조카야, 그 말이었다
그는 납작한 접시 위에 밥을 펴 담을 것이다
오백 개의 접시 위에 희고 부드럽고 물렁한 밥을

무엇이든 네 배 속으로 이른단다
그것이 말씀의 힘인지도 모르겠다
말씀 한가운데 울리는 전화벨 소리

그의 머리 위에서 세탁물이 성조기처럼 휘날렸을까
삼촌의 입술도 눈썹도 내게는 다른 사람의 것이다

애인이 떠나버린 후 뾰족한 것들을 머릿속에 담

느라
　머리는 용이 되었으나 불을 토하지는 못했다

　두드릴 가슴도 솟아오를 마음도 없는 세계에서
　머리카락이 조금씩 자라났다

　바다는 끝이 없다는 것은 거짓말이다
　사람들은 저마다 자신의 발자국을 따라갔다
　숨 쉬는 고래 노래하는 고래 웃는 고래들이 바다에
는 산다

빨간 토끼

빨간 토끼의 귀는 검은색
당신이 가져갔어요
빨간색만 빼놓고

빨간 토끼의 눈은 하얀색
당신이 가져다 놓았어요
빨간색을 미워하면서

빨간 토끼는 수면 중
꿈속을 좋아해서 뛰지 않아요
당신은 토끼를 복사하고

부끄러워했지요
빨간 토끼는 죽었어요
빨간색만 빼놓고

당신은 입술도 없이
토끼를 비웃네요
나는 약해지지 않아요

|해설|

진화하는 우리들의, 명랑하고 모호한 감정들

이 광 호

어떤 혁명은 명랑하고 모호한 언어들로 시작된다. 격렬하고 진지한 저항의 포즈 없이도 아주 산뜻한 목소리로 혁명은 시작되는 것이다. 만약 서정적인 것의 너머에서 시가 다시 존재할 수 있다면, 시 언어는 이 경쾌한 혁명에 몸을 담가야 한다. 어떤 무거운 비감함과 도착이 없이도 아주 무심한 듯 생기발랄하게 다시 시작할 수 있다면……이근화의 시가 보여주는 작은 혁명은 이와 같다. 그의 시는 사람들을 놀라게 할 만한 자극적인 이미지와 구문의 파괴와 요설체와 장광설이 없이도 시 언어의 혁명적인 가능성을 조용히 밀고 나간다. 첫 시집 『칸트의 동물원』(민음사, 2006)에서 그것은 언어와 언어의 사이, 사물과 사물의 틈에서의 '꼬리들'의 시학이라는 방식으로 실현되었다. 두 번째 시집에서 그 조용한 전위성은 '우리의 감정'에 대해

적극적이고 투명하게 발언함으로써 오히려 그 집단적 주체화의 무게를 비워버리는 익명적 차원을 획득한다. '우리의 서정성'은 '우리'라는 호명의 반복과 무한 증식을 통해 오히려 '타자'와의 차이를 무화시킨다. 그곳에서 일어나는 것은 '우리의 서정성'의 내파이다. '우리'와 '감정'이라는 집단적 동일성과 낭만적 진정성의 권위는 비인칭의 공간 속으로 가볍게 흩어진다. 거기서 '우리의 감정'은 아주 이상한 방식의 '진화'를 경험한다. 그 진화는 생물학적 의미의 진화가 아니라, 역(逆)진화와 퇴화를 포함하는 진화, 감정의 주체화를 무너뜨리는 '시적인 것' 자체의 이행이다. 이 진화는 이근화의 진화가 아니라, 2000년대 한국시가 이루어낸 또 한번의 경쾌하고 불길한 도약이다.

'우리'라는 비인칭 혹은 시뮬라크르

시의 화자가 '우리'라는 인칭을 구사한다면, 그것은 감정과 이념의 집단적 동일성을 전제로 한 것이다. '우리'라고 누군가 말할 때, '나'는 아무 의심 없이 그 '우리'라는 집단적 주체화의 테두리 안에 포섭되어 있는 자신을 발견하게 된다. 이런 맥락에서 '우리'라는 호명 방식만큼 이데올로기적 가능성이 높은 경우도 드물다. 개체를 집단적 주체성에 붙들어두고 그 정서적 일체감을 구축함으로써

‘우리’의 바깥에 있는 타자들을 배제하는 이 이데올로기적
호명 방식. 그런데 이근화의 시에서 빈번하게 등장하는
‘우리’는 이 호명 방식이 갖고 있는 집단적 주체성의 무게
를 단숨에 비워버린다. 어떤 방식으로? 우선 화법의 저
생기발랄한 보폭으로. 혹은 ‘감정’을 한없이 투명한 공간
안에서 떠돌게 함으로써…… 이곳에서 ‘우리’는 너무 자
주 호명되고 무한 증식됨으로써 내파되고 그 주체성을 빼
앗기게 된다. 시집의 곳곳에서 ‘우리’가 출몰하기 때문에,
그 무한 증식은 오히려 우리와 타자의 차이를 지워버린다.
그 지점에서 ‘우리’는 일종의 시뮬라크르의 차원에 놓인다.

우리는 이 세계가 좋아서
골목에 서서 비를 맞는다
젖을 줄 알면서
옷을 다 챙겨 입고

지상으로 떨어지면서 잃어버렸던
비의 기억을 되돌려주기 위해
흠뻑 젖을 때까지
흰 장르가 될 때까지
비의 감정을 배운다

단지 이 세계가 좋아서

비의 기억으로 골목이 넘치고

비의 나쁜 기억으로

발이 퉁퉁 붇는다   ─「소울 메이트」부분

　"우리"는 같은 취향, 같은 감정을 소유한 공동체 혹은,
마음의 친구이자 동조자이다. 골목에 서서 비를 맞는 것
을 좋아하는 특이한 정서 역시, "우리"라는 '소울 메이트'
가 공유한 세계이다. 이 특이한 감정 혹은 취향의 공동체
가 성립되기 위해서는 그 결속력이 가지는 진정성의 무게
가 공감 가능한 것이어야 한다. 그런데 '우리들'이 '배우
려는' "비의 감정"이란 아주 모호한 대상이다. '비가 온
다'라는 문장에서 주어는 비인칭의 영역에 속한다. 부정
(不定)의 대명사를 주체로 하기 때문이다. 다른 방식으로
말한다면, '비에 대한 감정'과 "비의 감정"은 다른 차원의
문제이다. "비의 감정"은 비인칭의 감정이며, 비인칭은
감정과 판단의 주체가 될 수 없다. "비의 기억" 역시 마찬
가지일 것이다. '비에 대한 기억'이라면 몰라도, 비인칭은
기억의 주체가 될 수 없다. 문제는 여기에 있다. "비의 감
정" "비의 기억"이 비인칭적인 세계에 속하기 때문에, 이
시에서 취향과 감정의 공동체는 아주 불안한 지위를 가질
수밖에 없다.
　다른 맥락에서 말한다면, "우리는 이 세계가 좋아서"라
는 문장에서 "세계"는 아주 모호한 대상이다. 그것은 지나

치게 넓거나 지나치게 불분명하다. "우리가 좋을 세계"라
는 말 역시 그러하다. 여기에서 불쑥 튀어나온 이상한 단
어 하나에 주목하자. "흰 장르"라는 단어가 그것이다. 이
이질적이고 돌발적인 시어는 흥미롭게도 이 시의 언어 혹
은 감각이 지향하는 어떤 지점을 암시한다. 세상에 존재
하는 장르에는 장르의 문법과 규칙이 있고, 그것은 장르
에 대한 대중의 기대에 의해 구축된 것이다. 그런데 "흰
장르"라니? 그것은 장르이되, 장르가 아닌 것, 혹은 감정
이되 감정이 아닌 감각에 해당한다. 여기서 '우리'라는 감
정의 동일성을 업고 있는 서정 장르의 내면성은 "흰 장르"
처럼 표백된다. 그래서 "비의 감정"을 '표백된 감정'이라
고 부르는 것도 가능하다.

    당신에게 조금 더 많은 말을 하고
    가끔은 어깨나 팔꿈치를 툭툭 쳐보기로 할까
    말을 하면서 마음을 만들고
    그렇게 만들어진 마음을
    선물처럼 줄 수 있다면 좋겠지
    더 자주 더 열심히 생각한다는 것이
    당신에게 위로가 될까
    위로의 끝에 새로운 이름이 고개를 들까

    우리는 서로 다른 속도로 취하고

가로등이 두 개로 세 개로 무너지고

모서리가 둥글어지고

신발이 숨을 쉰다

우리는 같은 이름으로 자전거를 타자

바퀴를 굴리면 쏟아지는 달콤한 풍경들이

우리를 지울 때까지

우리의 이름이 될 때까지

—「우리는 같은 이름으로」 부분

　"우리"가 "같은 이름"이 된다는 것은, "말을 하면서 마음을 만들고/그렇게 만들어진 마음을/선물처럼 줄 수 있"는 것, 그래서 "당신에게 위로가" 될 수 있다는 것을 말한다. 여기서 '우리'라는 공동체는 교감과 위로의 공동체가 될 수 있을지도 모른다. 그런데 자전거를 타면서 얻는 '나'와 '당신'의 경험은 "위로"의 과정과는 조금 어긋난다. "우리"는 우선 "다른 속도"를 취하고 있어서 나란히 함께 풍경을 만날 수 없다. 풍경은 "우리"가 '우리'가 될 수 있는 같은 '시간—공간'의 매개가 아니다. 풍경은 앞의 시에서 "비"가 그런 것처럼, 비인칭적인 것이다. 풍경이 "우리를 지"우거나, "우리의 이름이" 된다는 것은, "우리"가 그 풍경에 대한 주체가 될 수 없음을 보여준다. 역으로 "우리"는 풍경이라는 비인칭 주어의 대상이다. 그러니까 "우리"가 "같은 이름"을 갖는다는 것은, '우리'라는 집단적 동일성 안에서의 주체화를 의미하는 것이 아니다. 오히려 "같은 이름"은 역설적으로 '우리'라는 '이름'의 모호성과 아이러니를 만나게 해준다. 풍경과 이름과 '나'와 '당신'은, '우리'라는 이름의 아이러니 속에 서로 엇갈린다.

진화하는 것들

사람들의 팔과 다리를 잡아먹는
프레스기(機)의 진화에 대해 생각한 적이 있다
우리는 세상에서 가장 단단한 동그라미가 되어간다

긴 손가락으로 긴 손가락을 잡으면
더 큰 동그라미들이 태어날까
더 많이 태어났다 오래 죽어갈 수 있을까

천장 위에 쌓이는 먼지들의 고고한 자세로
우리는 숨을 고르고 다시 손을 모은다
내 몸을 엉망으로 기억하는 이불에 대해
아무런 감정을 갖지 않기로 한다
                    ─「우리들의 진화」 부분

만약 '우리'라는 이름의 공동체가 비인칭적인 것이라면,

'우리'의 '진화'는 어떻게 이루어질 수 있는가? 우선 그 진화는 '나'의 신체적인 진화를 의미할 수 있다. "멈추지 않고 자라나는" 몸을 어떤 의미에서는 진화라고 말해도 될지 모른다. 그런데 '진화'의 이미지는 그렇게 간단하게 규정되지 않는다. "프레스기"의 진화는 "사람들의 팔과 다리를 잡아먹는" 것이다. "내 몸"의 진화와 "프레스기"의 진화는 역방향이다. "내 몸"의 진화가 몸의 확장이라면, "프레스기"의 진화는 "내 몸"에 대한 절단의 위험이다. "가장 단단한 동그라미"와 "더 큰 동그라미"는 "내 몸"의 진화에 대한 이미지일 수 있지만, 그것만으로 '우리들의 진화'가 설명되는 것은 아니다.

> 우리는 일어나서 웃었다 나는 점점 더 차가워지고
> 나는 점점 더 물렁해지며 아무 냄새도 피우지 않는다
> 외로운 자들이 자꾸 명랑해지는 이유를 하루 종일 생각했다
> 말이 없고 불만이 없는 자들이 사라질 미래를 향해 걸었다
> 저 나무를 들어 올리면 몇 채의 집이 쓰러질까
> 저 산을 뽑아낼 아무런 상상도 하지 않았다
>
> 직선으로 내리는 비는 본 적이 없다
> 동네를 두 바퀴 세 바퀴 돌고
> 우리는 안전하게 다시 웃었다
>
> ──「우리들의 진화」 부분

이를테면 그 '진화'를 둘러싼 감정의 문제를 말한다면 어떨까? "점점 더 차가워지고," "점점 더 물렁해지는" 것, 혹은 "외로운 자들이 자꾸 명랑해지"고, "말이 없고 불만이 없는 자들이 사라질 미래를 향해 걸"어가는 것을 '진화'라고 불러도 될까? 차라리 "내 몸을 엉망으로 기억하는 이불에 대해/아무런 감정을 갖지 않기로" 하는 것, "안전하게 다시 웃었다"라는 표현이 보여주는 어떤 무심함 혹은 초연함의 경지, 그것을 다시 '진화'라고 불러도 될까? 사전적(생물학적) 의미의 '진화'는, 구조나 기능에 있어서 간단한 것으로부터 더욱더 분화하고 복잡한 것으로 발전하는 것, 혹은 적은 수의 종류로부터 많은 종류로 갈라져 가는 것이다. 그런데 감정의 퇴화라고 부를 수 있는 상황을 '진화'라고 부를 수 있을까? 이때의 '진화'는 일반적인 의미의 진화가 아니라, 어떤 퇴화를 포함하는 진화이다. "더 많이 태어났다 오래 죽어가"는 일이야말로 '진화—퇴화'의 사건이다. 차라리 이 시의 화자가 드러내는 정조의 익명성이야말로 그 진화에 대한 감각의 내부가 아닐까?

코가 식물처럼 자라나기 시작했어요
한쪽 방향으로만 한쪽 방향으로만
콧속을 단순한 걸로 채워갑니다

내 마음대로 주물러서 코의 형상은 바뀌

손잡이만 한 고리를 걸고

반성을 모르도록 코는 진화합니다

당신은 영원히 뒤를 밟겠지만

나는 사라지는 코를 붙잡죠

너무 많은 것들을 흘려보낸 뒤의 일이겠지만

아무것도 참지 못하도록 코를 뭉치겠어요

빠른 속도로 사라지면서

가까운 곳에서 코는 물이 되어가죠

가장 감상적이고 성난 코를 보내드립니다

—「코」전문

코가 식물처럼 자라난다는 것을 동화적인 발상으로 이해할 수도 있다. 그러나 문제는 자라나는 방식이다. 진화는 "한쪽 방향으로만," 그리고 "단순한 걸로 채워"가는 방식으로 진행된다. 이 단순화의 과정 역시 진화보다는 퇴화에 가까울 수 있다. 심지어 코를 "내 마음대로 주물러서" 뭉치고 거기에 고리를 건다. 그 코는 인간의 코가 아니라 짐승 혹은 가축의 코를 연상시킨다. 그것은 차라리 역진화라고 할 수 있다. 그래서 코의 진화는 "반성을 모르는" 맹목적인 진화이다. 그 맹목적인 진화의 끝은 코의 사라짐이다. "빠른 속도로 사라지면서/가까운 곳에서 코는 물이 되어가죠"라는 문장에서 코의 진화는 완성된다.

코를 둘러싼 사건은 서정적 주체로서의 내면으로 환원되지 않는 신체의 한 부분에 대한 유물론적 사건이다. 그 맹목적 코의 진화는 퇴화와 역진화의 과정을 밟아감으로써 인간적 관점에서의 진화론을 뒤엎는다. "감상적이고 성난 코"라는 표현에서, 코는 감정의 주체가 됨으로써 서정적 주어의 몸으로부터 도주한다. 코의 반란과 진화는 인간의 진화와는 역방향에서 상상적 공간을 생성한다.

감정과 감정 사이에

건포도처럼 말라버리지 않으려면
뭘 좀 먹어야겠지요
쪼글쪼글 웃으면서
버스를 삼켜버릴 식욕을 배웁니다

감정과 감정 사이에
식탁을 차려놓고
기차를 출발시킵니다
칙칙폭폭 칫솔을 부러뜨립니다

아래로 아래로
아무도 모르게

오 분 사이에 식사를 끝내고

다시 오 분간 식사와

식사를 상상해봅니다   ―「입술 모르게」 부분

첫 시집에서의 '사이'의 상상력과 감각을 연상시키는 이 시에서, 주목할 만한 것은 '감정의 사이'이다. 감정은 서정적 주체가 자신의 정서적 상태를 표현하는 것이어야 한다. 하나의 감정이 있다는 것은 그 감정을 느끼고 표현하는 하나의 주체가 있다는 것을 의미한다. 이 시의 명랑한 화법은 그 감정의 진정성을 확보하는 대신에, 그것을 하나의 사물처럼 처리한다. "감정과 감정 사이에/식탁을 차려놓고"라는 표현에서 감정은 '시간―공간' 속에 존재하는 사물이다. 그것은 "버스" "기차" "오 분 사이에 식사"와 같은 단어들이 만드는 공간, 여행의 이미지 들 사이에서 마치 독립된 사물처럼 존재한다. 그렇다는 것은 이 시의 화자가 감정에 대해 갖고 있는 거리와 아이러니를 말해준다. "뭘 좀 먹어야겠지요" "식욕을 배웁니다"와 같은 문장들 속에서 1인칭의 욕구는 자연발생적인 것이 아니라, 의무와 교육의 대상이다. 여기서 1인칭의 욕망과 감정은 직접적으로 드러나지 않고, 그것 자체를 대상화하는 화법에 의해 간접적으로 표현된다. 이 시의 제목이 시의 본문에는 등장하지 않는 "입술 모르게"라는 것도 흥미롭다. 과감하게 말한다면, 이 시의 본문 전체를 1인칭이 '입술 모

르게' 행한 담화로 생각할 수 있다. 입술 모르게 말하는
것은 일종의 복화술이다. 그것은 사람들을 속이는 복화술
이기보다는 1인칭 주체의 시적 자아를 속이는 또 다른 익
명적 1인칭의 목소리다. 이러한 시적 주체로부터의 감정
의 분리, 혹은 '간접화'는 이 시집의 화자가 취하는 특별
한 시적 태도이다.

　　나의 기분이 나를 밀어낸다
　　생각하는 기계처럼
　　다리를 허리를 쭉쭉 늘려본다
　　이해할 수 없는 세계에서
　　화초가 말라 죽는다
　　뼈 있는 말처럼 손가락처럼

　　일정한 방향을 가리킨다
　　죽으면 죽은 기분이 남을 것이다
　　아직 우리는 웃고 말하고 기분을 낸다
　　먹다가 자다가 불쑥 일어나는 감정이
　　어둠 속에서 별 의미 없이 전달되어서
　　우리는 바쁘게 우리를 밀어낸다
　　　　　　　　　—「청바지를 입어야 할 것」부분

　"나의 기분"과 '나'는 엄연히 다른 주체이다. '나'를 밀

146

어내는 "나의 기분"은 '나'에 대한 '기분'의 외재성, 혹은
독립성을 암시한다. "나의 기분은 등 뒤에서 잔다"라는 표
현처럼. 심지어 "죽으면 죽은 기분이 남을 것이다"와 같은
문장에서 기분은 '나'의 죽음에 대해서도 외재적이다. 죽
음 이후에도 "죽은 기분"은 남아 있다니! 그 기분의 움직
임을 "밀어낸다"라고 표현할 때, 1인칭 '나'와 '우리'는 그
서정적 권위에서 밀려난다. 이를테면 "청바지를 입는" 일
따위의 취향의 문제 역시, 그것을 관장하는 것은 1인칭
'나'가 아니라 그것에 대해 외재적인 위치에 있는 '기분'
이다. 그래서 "청바지를 입는 것은 기분이 좋다"라는 문장
은 "나는 그것이 내 기분과 같아서/청바지를 입어야 할
것"이라는 문장으로 변주된다. 그것은 기분 자체의 명령
이며, 기분의 당위이다.

지붕을 물어뜯는 것은 한 무리의 별들
이빨 자국은 선명하고
아침에는 탁상시계가 울까 웃을까
지붕 위의 새들은 몇 번째 깨어날까
머리카락은 아래로 아래로 자라고

외롭다고 느끼는 나를 뭐라고 할까
펭귄의 무덤이라 하고 누울까
바위의 감정을 읽고 똑같은 표정을 만들 수 있을까

외롭다고 느끼는 나를 뭐라고 해도 괜찮다
　　　　　　　　　——「얼룩말 시나리오」 부분

　「얼룩말 시나리오」에는 '얼룩말'도 '시나리오'도 등장하지 않는다. 물론 이 시 전체를 얼룩말의 담화로 읽거나, 하나의 시나리오로 읽어도 좋을 것이다. 그건 사실 아무런 상관이 없다. 본문이 제목을 설명해야 하거나, 역으로 제목이 본문을 설명해야 할 이유는 없다. 오히려 본문과 제목의 기이하고 돌발적인 결합이 야기하는 어떤 시적 효과에 대해 관심을 갖는 것이 더 생산적일 것이다. "외롭다고 느끼는 나"는 일반적인 서정시에서 담화의 숨어 있는 진정한 주체가 되어야 한다. 그런데 이 시는 우선 "외롭다고 느끼는 나"를 대상화한다. "외롭다고 느끼는 나"가 담화의 주체가 아니라, 대상이라는 것이다.

　더 나아가 그것을 무엇이라고 해야 할지를 시의 화자는 묻고 있다. 서정적 담화의 주체가 오히려 대상이 되어버리고, 더 나아가 그 대상은 이름 붙일 수 없는 모호한 존재가 된다. 그 모호한 존재에 대해 "펭귄의 무덤" 혹은 "바위의 감정"이라는 이미지를 붙인다 해도 상황은 달라지지 않는다. 그런 이미지들은 이 시의 제목처럼, "외롭다고 느끼는 나"를 더욱더 모호한, 그러나 더 '풍부하게' 모호한 대상으로 만들 뿐이다. 그러니까 이 시의 마지막 문장, "외롭다고 느끼는 나를 뭐라고 해도 괜찮다"는 어쩌면 필연적이다. "외롭다고 느끼는 나"는 뭐라고 해도 괜찮을 만큼 도처에 편재하는 존재이다. "외롭다고 느끼는 나"를 둘러싼 "펭귄"과 "바위"와 "얼룩말"이라는 이미지의 차이는 의미론적 차이가 아니라, 기호적 차이의 놀이에 불과하다. 그 놀이는 "외롭다고 느끼는 나"의 의미를 비결정적인 것으로 만든다. 그 의미의 비결정성이 극에 달했을 때, '나'는 뭐라고 해도 괜찮은 존재, '차이' 자체가 지워져버리는 표백된 존재가 된다.

살아남기 위해
우리는 피를 흘리고
귀여워지려고 해
최대한 귀엽고
무능력해지려고 해

인도와 차도를 구분하지 않고
달려보려고 해
연통처럼 굴뚝처럼
늘어나는 감정을 위해

살아남기 위해
최대한 울어보려고 해
우리는 젖은 얼굴을

　　찰싹 때리며

　　강해지려고 해　　　　　　　　　　──「엔진」 전문

　‘엔진’과 ‘우리’의 비유적 관계를 설정하고 이 시를 읽
는 것도 가능한 독법이다. 그렇게 읽는다면, ‘우리’는 ‘엔
진’처럼 기계적으로 작동하는 어떤 동력이다. 그렇다고
해서 이 시를 세상 살기의 어려움을 토로하는 시로 읽는다
면 그건 이 시의 불온함을 이해하는 데는 도움이 되지 않
는다. 이 시의 흥미로움은 “～해”라는 구문의 반복성이 만
들어내는 운율과 특유의 명랑함에 있다. 가령 “달려본다”
라는 문장과 “달려보려고 해”라는 문장의 차이에 대해 생
각해볼 수 있다. 앞의 것이 행위에 대한 직접적인 묘사라
면, 두번째 것은 그 행위의 당위성에 대한 예비적인 진술
이다. 다른 식으로 말하면, 행동하기 이전의 의지에 관한
표현이다. 이 표현은 시적 주체의 욕망과 의지를 메타적
으로 볼 수 있는 심리적 거리를 제공한다. “늘어나는 감
정을 위해”라는 표현이 보여주는 것처럼, 그것은 감정을
대상화하고 객관화하는 거리를 확보한다는 것을 의미한다.
거기서 이 시는 ‘엔진─우리’의 비유적 관련을 내면성의
문제로 환원하지 않고, 시의 화자와 그것들 사이의 미묘
한 아이러니를 새로운 시적 동력으로 만든다. 그래서 이
시는 서글프지도 처연하지도 않으며, 다만 명랑하고 불길
하다. 그래서 ‘엔진─우리’의 비유적 관계는 필연적이기

보다는 하나의 가벼운 우연과 같다.

당신이 만약, 이근화 시의 모호한 명랑함, 혹은 비인칭적인 감정의 투명함에 매료되었다면, 그 매혹의 뒤편에 있는 불안과 공포에 대해서도 이제 말해야 한다. 태연하고 무심한 어조 사이에서 언뜻 번뜩이는 불길함에 대하여. '톰'이란 누구인가? '톰'이 누구인데, "다정한 목소리로 울어서" '내'가 죽이게 되는 것일까? 그리고 다시 '내'게로 다가오는 "더 많은 톰들"은 또 누구인가? '톰'과 '톰 아닌 것'의 차이는 절대적인 차이가 아니며, 그것은 마치 '우리'와 '타자'의 차이와도 같다. 톰에 대한 반복적 호명과 톰의 무한 증식은 톰의 차별성과 독립성을 내파한다. 톰은 어디에도 있고, 톰은 '너'이고, '나'이며, '우리'이다. 그래서 이 무섭고 아름다운 이야기를 요약할 만한 어떤 언어도 찾지 못했다면, 그건 시인의 책임도, '톰'의 책임도, 당신의 책임도 아니다. 다만 남겨진 것은, 다정하고 달콤한 목소리 사이에서 피할 수 없이 마주해야 하는 존재의 부조리함, 혹은 더할 수 없이 경쾌하고 투명한 공포의 아름다움.

가을 풀벌레처럼 다정한 목소리로 울어서 톰은 내가 죽였어 텔레비전이 끓는 동안 사람들은 얼굴을 바꾸고 달콤해졌지

톰이 죽은 사실을 모르고 잔디는 조금씩 부풀고 창가의

구름은 점점 분명하게 흘러갔지 톰이여 톰이여 화살표 같은
톰이여

　긴 목으로 주근깨들이 옮겨갈 때 노래를 부르자 톰을 위
하여 죽은 톰의 물렁한 귀를 위하여

——「톰이여」 부분

구름은 점점 분명하게 흘러갔지 톰이여 톰이여 화살표 같은